D1517041

ALFAGUARA
INFANTIL

ALFAGUARA INFANTIL

ALFAGUARA
INFANTIL

© 2014, María de los Ángeles Boada
© De esta edición:
   2015, Santillana S. A.
   Calle de las Higueras 118 y Julio Arellano, Monteserrín
   Teléfono: 335 0347
   Quito, Ecuador

   Av. Víctor Emilio Estrada 626 y Ficus, Urdesa Central
   Teléfono: 238 1010
   Guayaquil, Ecuador

Alfaguara Infantil es un sello editorial de Santillana.
Éstas son sus sedes:
Argentina, Bolivia, Brasil, Chile, Colombia, Costa Rica, Ecuador, El Salvador, España, Estados
Unidos, Guatemala, México, Panamá, Paraguay, Perú, Portugal, Puerto Rico, República
Dominicana, Uruguay y Venezuela.

Primera edición en Alfaguara Infantil Ecuador: Febrero 2014
Primera reimpresión en Alfaguara Infantil Ecuador: Abril 2015

Editora: Annamari de Piérola
Ilustraciones: Roger Ycaza
Diagramación: María Isabel Vásconez

ISBN: 978-9942-19-006-2
Derechos de autor: 044508
Depósito legal: 005163

Impreso en Ecuador por Imprenta Mariscal

SANTILLANA

¿Qué idioma hablan los animales?

María de los Ángeles Boada

Ilustraciones de Roger Ycaza

ALFAGUARA
INFANTIL

Lucas se despertó emocionado y se asomó por la ventana.

¡Ya faltaba poco para que pudiera salir
a jugar con la pelota de fútbol que su
abuelo le había regalado!

Así que esperó a que los sapos dejaran de cantarle a la lluvia con el **croac**, **croac**, **croac** de cada noche,

y que los gallos que estaban en el granero anunciaran la llegada de la mañana con el **quiquiriquí** de todos los días.

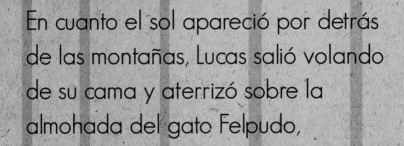

En cuanto el sol apareció por detrás
de las montañas, Lucas salió volando
de su cama y aterrizó sobre la
almohada del gato Felpudo,

quien soltó un molesto *miau* antes de desperezarse.

Cuando llegó al jardín, Lucas imaginó
que estaba en una enorme cancha y le
dio una patada tan fuerte a su pelota,

que ésta salió disparada hacia un
árbol y desapareció entre sus hojas.

Lucas corrió en busca de su pelota, pero lo único que encontró en el árbol fue unos alegres pajaritos.

—Disculpen, amigos. ¿No pasó volando por aquí una pelota de fútbol? —les preguntó.

—*Pío*, *pío*, *pío* —trinaron ellos desde las ramas.

«No entendí ni **pío**», pensó y se acercó a un lago donde nadaban tranquilos unos patos.

—Hola, patos, ¿no vieron caer en el agua la pelota de fútbol que me regaló mi abuelo?

—**Cuac**, **cuac**, **cuac** —le respondieron ellos antes de alzar el vuelo.

Lucas decidió explorar entre los charcos. Ahí encontró unos chanchos refrescándose felices en el lodo.

—Disculpen, chanchitos, ¿saben dónde está mi pelota de fútbol?

—**Oink**, **oink** —le dijo uno sin dejar de chapotear.

Lucas se encogió de hombros y se metió en el establo.

—Hola, amigos, ¿han visto la pelota que me regaló mi abuelo?

—Mee… —le respondió una oveja abriendo su hocico peludo.

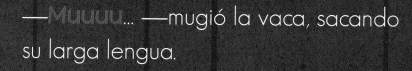

—Muuuu… —mugió la vaca, sacando su larga lengua.

—Iooo, iooo… —rebuznó el burro mostrándole sus enormes dientes.

«¿Qué habrán querido decirme?»,
pensó Lucas, y sintiéndose muy cansado,
caminó de regreso hacia su casa.

Una gallina y sus pollitos se cruzaron
en su camino.

—¿No ha pasado rodando por aquí
una pelota de fútbol? —les preguntó
preocupado.

—¡Cooo, cooo, cooo!
—cacareó la gallina y siguió
picoteando tranquila.

—¡No entiendo nada de lo que me dicen! —exclamó Lucas con los ojos llenos de lágrimas—. ¿Qué idioma hablan los animales? —preguntó.

Pero la única respuesta que escuchó fue el **cri**, **cri**, **cri** de los grillos.

Pensando que había perdido su pelota,
Lucas se escondió detrás de un árbol
para que nadie lo viera llorar.

Fue entonces cuando escuchó un sonido
conocido:

—Guau, guau…

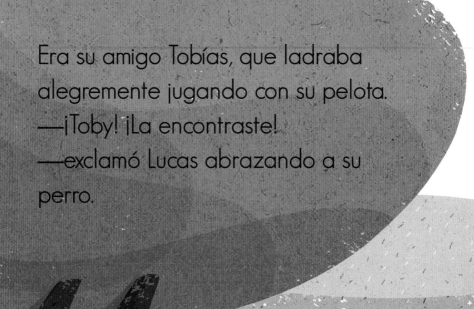

Era su amigo Tobías, que ladraba
alegremente jugando con su pelota.
—¡Toby! ¡La encontraste!
—exclamó Lucas abrazando a su
perro.

Y desde ese día supo que aunque no hablaran el mismo idioma, siempre habría alguien que sería capaz de comprenderlo.

ALFAGUARA
INFANTIL